매미, 흐인

Keigo SHINZO

7.

매미, 흐인

곧바로
미대에서

슬럼프였던
만화에서
잠시 멀어져보기로
결심한
나츠미는

54일차 / 이제 곧 여름이 온다

아자!

그림을
그리기로
했습니다.

여우비 내리는
그 풍경입니다.

그림의 소재는
지난 회에
보고 감동한

달칵

아,
안녕——.

앗,
나츠.
일찍 왔네

——좋은 아침——

!

이

응.
만화가 지금
슬럼프라,

← 어차피
난
낙선!!

NEXT
ART
AWARD

심지어
그림도 그리고
있어!

명색이
미대생이니까
그림을 좀
그려보려고.

잘
생각했어!

"OK!" ♪

♪ "아카링,
아무도
없으니까
라디오
틀어도 돼?"

아캇피가
여름에
차 타고 나가노까지
가보고 싶다고
했잖아.

그래서…

또
싸워?!

맨날
돈 없다면서
차는
왜 산 거야?!

응!

…기억하고
있었구나 ♡

뭐…

두근…♡

셋이서
드라이브
안 갈래?!

그러니까
이왕이면
지금부터

와——
셋이서
드라이브
——

그래도 돼?!
갈래!

진짜?!
짱이다.
좋겠다~,
드라이브!

야마다가
차 뽑았대
——

…

아,
나카지마.

앗!
대박!
웬 차야?!

앗,
그래도
돼?!

나카지마도
갈래?

이때
아카리는

응,
물론이지!

아.

괜찮지,
아카링!

드라이브 스루
매장
가보고 싶어!

부 우웅…

렛츠
고!

'실은
우리끼리 가는 게
더 좋은데…'
라고 생각하고
말았습니다.

OK!

10

나카지마에
대해서는
불편한 마음도
거의 사라졌고
싫어하는 건
아니지만!

와

애벌레
지골로
끝장나게
재미있어

붕?!
미안,
안 읽어봤어.

풉!

애벌레
지골로!

요코야마,
혹시
읽어봤니?

예민하고
소심한
아카리는

이런 일에
일일이
상처받는
것이었습니다.

하 하
하

하나도
안 들려
——!!

목소리가
개미 소리야!

하
하
하

TAKE OUT

장마철에 접어들어 날이 습하지만, 이제 곧 여름!이니까 이 노래——.

더☆온리가 부릅니다. '여름, 서머'.

만있어!

'더☆온리' 오랜만이네~.

아….

멤버 불화로 깨지지 않았나?

'더☆온리'? 아——. 옛날에 유행했었던

'더☆온리'잖아. 나 완전 좋아하는데 ——!!

추억 돋네—

......

이때의 '더온'은 최고였어!!

중학교 때 엄청 좋아했었는데….

앗, 잠깐만!

12

최고의
시추에이션!

!!

♫♫

눈부신
바다와
구름!!

하하하
찐팬이네!

음,
'커넥트'랑
'슈거리스 껌'이랑
'센세이션'
이랑…

앗──
진짜?!
무슨 노래
좋아해?!

실은
'더온'
엄청
좋아해…

아카링이
노래를
시작했다!

14

저는
넥스트 아트 어워드
홍보 담당자인데요.

아,
요코야마
아카리 씨
핸드폰인가요?

여,
여보세요.

네….

네…?

축하드립니다!
요코야마 씨가
응모하신
작품이

당당히
대상으로
선정되었습니다!

아카링?!

거짓말…

네, 네….

……

안녕히 계세요….

어떡해~~. 지난번에 응모한 그림이 대상 받았대~.

뭐 ──!!!

축하해 ──!!

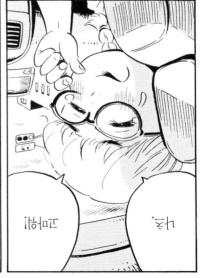

이때 드라이버
아저씨가 휴지를
꺼내줘서, 그리고
말을 할 수
있었습니다.

와—
대박—.

개인전도
결정됐대.

복잡한
심정입니다.

지금
나츠미는

단짝 친구가
대상을 타서
기뻐해야 마땅한데
진심으로
기뻐할 수가
없어서….

안녕!

아, 나츠.

'하지만'

아카링, 좋은 아침 ──.

와우 ──. 역시 잘나가는 작가님~!!

응, 개인전이 있으니까 최선을 다하고 싶어서…!!

오늘도 열심히 그리고 있네 ──.

평소처럼 행동하고 있습니다.

애써

왜지
다음
미술 공모전을
노리기
시작했습니다!

정리정돈

미술의 고향 공모전

회화작품 모집

상금 100만 엔!!

긴자부

…나도!

쭈우웅

그리고
나츠미도

쓱
쓱

SEIKO

생각처럼
잘 안 그려져…

이야——
요코야마,
축하한다!

와글

와글

쓱

쓱

우리 학교에서 대상이 나와서 정말 자랑스럽구나 ——.
색을 쓰는 방법이 아주 훌륭해!
전부터 좋다고 생각했었지만~,
개인전도 열심히 해라!
WONDERFUL

어서 와——,
나츠.

난 재능이 없는 걸까…

다녀왔습니다…

만화도 그림도 되는 게 없어…

음—

무슨 일 있냐?
또 시무룩한 얼굴을 하고.

흐응

아 빠
빠 빠
빠 빠

응, 거의 다 했어.

영화 편집하는 거야?

파이팅!

야! 난 지금 직장에서 상처받은 하트를 치유하는 중이거든!

하하하

그치, 츠무기.

시끄러워, 백수!

꺄아 꺄아

바냑

떨렁 떨렁 떨렁

아, 그거 괜찮다.

여긴 이렇게 하는 게 낫지 않을까?

흥.

하여간 둘이 죽고 못 산다니까···.

잘그락

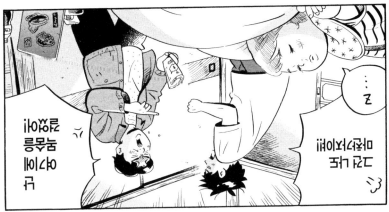

앗,
히데키 오빠가
가버렸다?!

들르륵
콰
당!!

잘
안 들리지만
심각한 것
같아…

파
앙

?!!

파
아
앙

뭐야,
뭐야?!

설마
주먹질?!

응?
캐치볼.

뚜 뚜
뚝

왜?!

뭐 하는
거야?!

고등학교 때
찍은
영화에서도
의견이
안 맞으면
많이 했었지.

훗.

속마음을
얘기할 때는
캐치볼이잖아.

팡

그런
거야?

캐치볼.

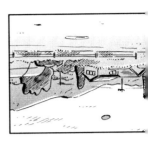

56일 차 / 크랭크업
쏴아아…
YoTube YoTube ─.
꿈을 걸어라, YoTube!
Fin
RedBull ENERGY DRINK
……
……!
후ㅡ…

영화
완성!!

아자
———!!

앗싸———!
점심으로 라멘
먹으러 가자!

응!

응.

……

아야……

그렇지,
히로토?!

와~, 진심
최고의
좀비 영화가
됐다!

하하….
응!

뭐야———.
완성했는데
왜 이렇게
기운이 없냐.

아니거든!

부들

부들

부들......

이거야….

핵불맛 먹는 장면,
다시 찍지
않을래?

미안해,
히데기!
역시

이제 와서
무슨
소리야!

뭐?!

난
매운 건
질색이라고!!

주,
죽어도
안 해!

실은
히데키가
싫어해서
평범한
야키소바를
먹으며
찍은 것이었다!

설명하지!
둘이 찍은
영화에서
핵불맛
야키소바를
먹는
이 장면.

싫어,
싫어,
싫어~.

역시 둘 다
핵불맛을
먹는 것처럼
안 보였어…!

그게
자꾸만
마음에 걸린
히로토
였습니다.

부탁해!!

후회를
남기고 싶지
않아….

"내 안에
응어리가
남아서
하는 거야…."

"난
배우로
돌아가고
싶은 게
아니야."

……

"나 자신에게 후회를 남기고 싶지 않으니까."

종이 앞치마
자율릴게 사용하세요

비누

하아~….

진짜?!
고마워,
히데키~.

!

아,
알았어….

오오~

굴꺽...

핵불맛

야키 소

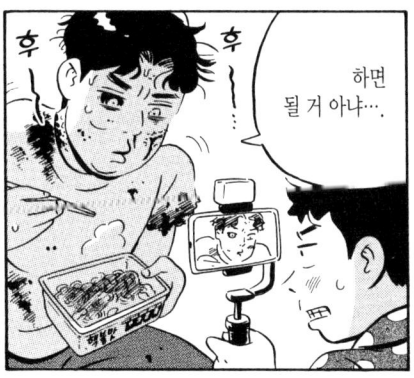

후

후

하면
될 거 아냐...

알았어.
한다고!

명심해, 히데키.
핵불맛을 먹고
반응은 없지만,
몸은
매운맛에 반응하는
그 절묘한 느낌을...

히로토!
매운 걸 먹었더니
흥분해서
잠이 안 와!

여보세요?

하하,
나도.

히데키

여어

드라이브
가게
나와!

너
때문이야!

흥

53

야마다 개인전
보러 갔다
올 거야——.

알바
갔다가

어디 가
——?

헤이!

어,
더우니까
조심해.

히로
오빠——.
나갔다
올게——.

맴
맴맴——!

매
맴——!

치——
이——!

힉~….

더워!!

딸
칵

장마가 끝나고
대학교는
여름 방학에
들어갔습니다.

너무
더워~….

58

코엔지 역
Koenji Statio
찾았다!
엄청 헤맸네~~
DM
Node
야마다 녀석~, 하필 이 찜통더위에 개인전은 해가지고~.
쓰레기 같은 작품만 걸어놨으면 가만 안 둘….
터어~엉ㅁㅁㅁ
우와아…
아무도 없어~….

안녕.

불쌍한 녀석.
나라도
격려해주자….

기운이
없어 보여,
야마다….

아무도
없으니
그럴 만하지.

아카링은
대상을
탔는데….

와줬구나
~….

…아ㅡ
나츠.

음.

천천히
구경해
ㅡㅡ.

……

잘
모르겠어

앗! 어때?

참. 격려해주기로 했었지…!!

야마다 센키치 「무너 블록 담」 가격 리스트

심지어 비싸!!

이런 걸 누가 사~.

180,000
¥ 100,000
120,000

※실제로 아무도 안 샀다.

이…

이거, 좋은 것 같아~.

그거 진짜 괜찮지!

그치!

기운이
없는 게
아니었잖아!!

이
녀석…,

열변을
토하고
있어…

떠
벌

떠
벌

떠
벌

그렇게
자신감이
있어서.

응?

대단하다,
야마다….

그,
그래?

내가 좋다고
생각하면
그걸로
된 거 아냐?

응!

하하

히로 오빠랑
똑같은
말을 하네.

난 금방
자신감을
잃는 편이라
네가 부러워.

응!

나도
열심히
할게

'그렇게
자신감이
있어서'
——라.

······

매
엄
매
엄
매
엄

실은
그렇지도
않은데.

하지만
그렇게
생각하지 않으면
버틸 수 없잖아…

요코야마 아카리

지금 갤러리
잠깐 들러도 돼?

띠롱

응!
어라?
갤러리에
안 있어도 돼?

개인전 첫날엔
여러 가지로
고마웠어!

안녕!

아,
여기야.
센짱——.

야마다
센키치라
센짱

응,
갤러리
사장님이
오셨거든.

별로
없을 것
같고….

오늘은
사람도

아캇피,
차 마시러
갈까?

있잖아,
센짱!

……

매
엠

매
엠

전철 타면
안 돼?

뭐?
왜?!

난
레인보우
브리지까지
걸어가
보고 싶어.

걸어가
보고 싶어.

봐봐!
4시간이면
도착한대.

의외로
가까워.

헐~….

여긴
코엔지야.
몇 시간이
걸릴지….

심지어
이 찜통더위에….

난
도쿄에 와서
레인보우 브리지를
보는 게
꿈이었어.

렛츠
고!

진심이야
~…?

36℃

이게 진짜로…
뭐 하는
짓이지…

더워….

팜범벅이야…

……

선크림 좀
다시
바를게.

미안해,
센짱.

최
고
야

더워~~.

하아~.

아캇피,
역시….

에어컨 좀 쐬자!

이 앞에 편의점 있대!

조금 상심해 있었지만,

그런 건 아무래도 좋을 만큼 더워서

산책하길 잘했다고

생각했습니다.

앗, 봐봐. 비행기야!

와, 크다.

키이이잉

매일, 휴일

Keigo SHINZO

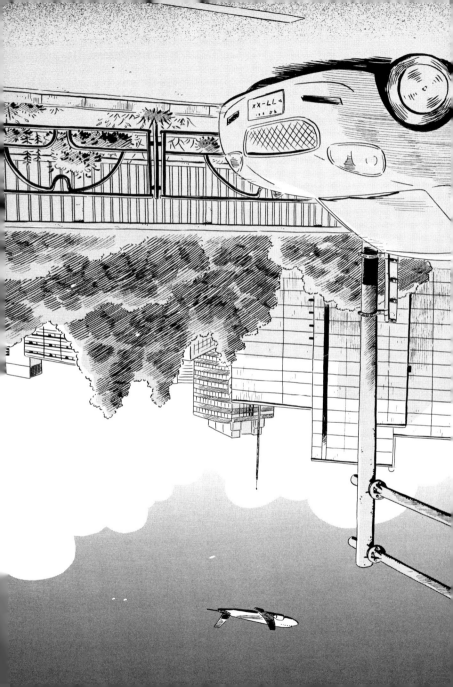

다 왔다….

요즘 우리 둘 다
그림 그리느라
바빠서
맨날 틀어박혀
있었잖아.

같이 여름을
마음껏
느낄 수 있어서
좋았어.

…
다행이다.

하하,
다리 아파….

응?

아캇피도 힘내. 개인전도 있으니까.

응.

스트레스도 많지만,

나도 좋았어.

응.

힘낼 거야!

나, 열심히 하고 싶어.

파이팅—.

응, 나도 힘낼게!

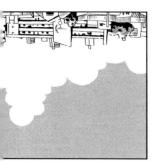

올해도
곧
칠석 축제.

58일 차 / 아사가야 칠석 축제의 변! 전편

상점가에도
서서히
축제 조형물이
장식되어

축제 무드가
고조되고
있습니다.

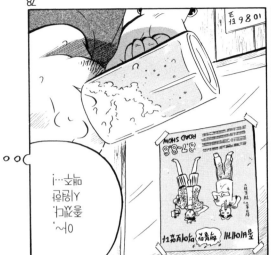

아앗?!

좀비에게 핵불맛 먹여보았다

청춘, 재도전

8.7~8.8
ROAD SHOW

이…,

이게 뭐야~?!

심지어 히로토 주연?!

좀비 영화?!

영화 포스터

낚시터

79

일이
끝이 없어….

하아~~.

바 스락...

아.

쯤비에게 해볼맛 먹여보았다

87~8
ROAD SHOW

그리고 보니
오늘이었지.
......

나머진
집에 가서
하자….

그럴 시간도 없고!
집에 가서
일해야 해….

난
바빠….

"바쁘면
무리하지
마세요!"

싸
아
아

…어쩐지
난

'바쁜' 걸 핑계로
단순히
많은 것들에서

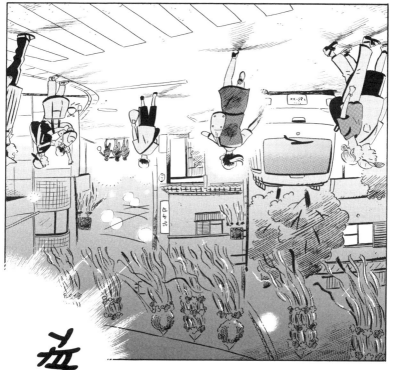

히데키는
떨고
있었습니다.

자신이
감독한 영화가
상영되고 있기
때문입니다.

좀비에게 핵불맛 먹여보았다

완전
재미있었어!

걸작이야.

최고다―.

감동했어!

……!

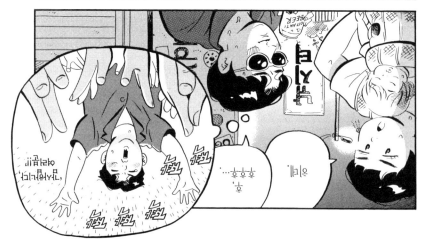

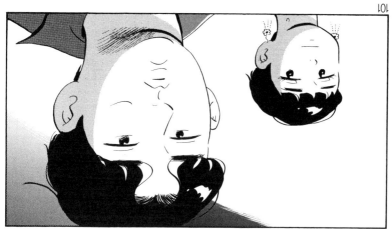

응, 고마워. 사키···.

영화 재미있었어.

수고했다, 히로토.

축제

생맥주 350

내일 보러 온대.

나츠랑 친구들은?

그냥 잠깐···.

앗, 히데키. 어디 갔었냐.

그렇구나···.

하 하 하

또…
한심한 영화를
만들어버려서….

미안해,
히로토….

이거 끝나고
같이
밥 먹으러
가지 않을래?

…

무슨
소리야,
히데키.

이번엔
상영도 했으니까
일보 전진이야.

고등학교 때는
상영조차
못 했잖아.

난
최고로
즐거웠어!

그리고
너랑 또
영화를 만들 수
있어서

야,
히로토!

······
······.

건배-!!

짜짝

좋지!

거,
건배하자.

상영을 축하하며!

......

반짝
반짝
반짝

빠빠빠빠~.

그래, 그래.
츠무, 건배.

빠빠빠빠!

건배.

앗,
왜 그래?

꺄,
꺄──!!

!!

하
하
하

음

츠무도
건배하고
싶어요?

빠빠빠빠-!!

타, 타치바나 씨?!

?

낙

아, 핵불맛 먹는 장면이다!

투글 투글 투글 투글

...

와——.

하하하

저거, 진짜로 먹으면서 찍은 거야~.

푸학!

와주셨군요.

타치바나 씨…!

아.

♪ 꿈을 걸어라, YoTube!

♪ YoTube YoTube~.

Fin

네….

저어….

사사삭….

107

영화.

굉장히 좋았어요.

저도 뭐라도 도전해 볼까 하는 생각이 들었어요.

이쿠미 씨, 연기 정말 잘하시네요~.

그래니!

그, 그보다!

?
피했다…?

화액

잠깐…

감사합니다!!

바삭

대박!

앗, 정말요?!

이치카와 히로토라는 예명으로.

이 녀석은 원래 배우였어!

네, 실은…

배우로
복귀하시는
건가요?

아,
아뇨~.

배우는
이걸 끝으로
진짜로
그만둘 거예요.

이젠
후회
없으니까요,

！

왜요!
아깝잖아요!

네!

흠,
뭐 그러든가~.

뭐?
그런 거야?

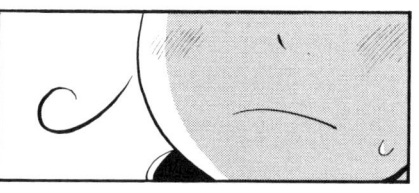

계속하는 게
좋다고
생각해요!

저는
배우를

아들이———

달음박질
합니다.

크아
———!

최고!!

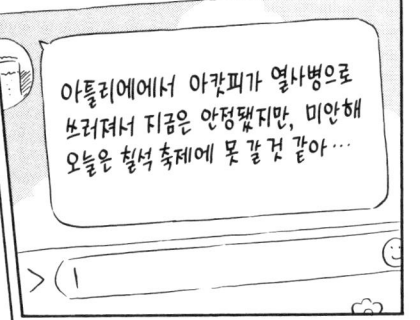

13:54

야마다 신키치

아틀리에에서 아캇피가 열사병으로
쓰러져서 지금은 안정됐지만, 미안해
오늘은 칠석 축제에 못 갈 것 같아…

아틀리에에서 아캇피가 열사병으로
쓰러져서 지금은 안정됐지만, 미안해
오늘은 칠석 축제에 못 갈 것 같아…

뭐
어때.
돈 냈잖아!

그리고
영화를
상영하고 났더니
마음이
편해졌이.

야,
너무 많이
마시지 마.

푸핫!

응.

축제 속에
우리의 공간이
있다는 게.

어쩐지
행복해.

여름 enjoy 리스트

- 수박 먹기
- 다 같이 칠석 축제 가기
- 다 같이 여행
- 불꽃놀이!
- 수영장!
- 매미 울음소리 듣기

맴 맴 맴 맴 맴 맴 맴

뒤척...

매미 울음소리에 섞여 저 멀리서 축제 음악이 들려옵니다.

작년 칠석 축제는

…어쩔 수 없어.

어쩔 수 없지만,

아카링에겐 이미

나보다 소중한 게 많을 것 같아….

축제

124

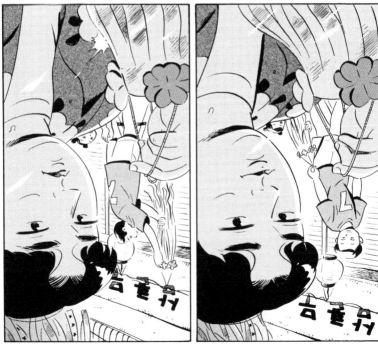

믿고만
있었다.

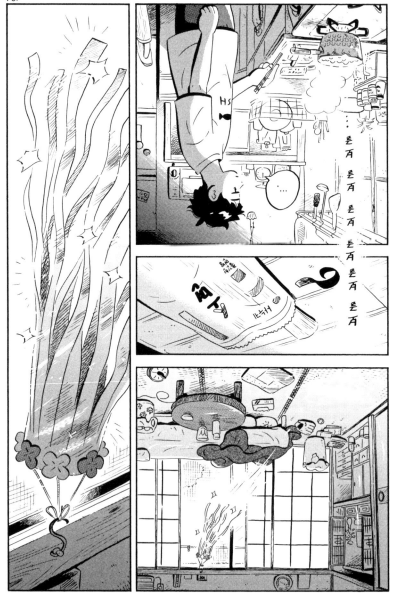

"나,
야마가타로
돌아가려고."

언제까지나
백수로
지낼 순
없으니까…

본가가
목재상이라

그걸
물려받기로
했어.

부
글

앗!

…네가
그리울
거야.

하아
…

뭐 해,
히로 오빠?

이크크…

딸
깍
!

치
이
아
∼
…

어?!
아무것도
아냐.

아, 그럼
그릇 좀
꺼내줄래?

내가
뭐
도와줘?

멍하니
서 가지고.

싸
닥
파
닥

왜,
무슨 일
있어?

음──.
오늘
알바 가는 게
마음이
무거워서.

하아
…

흐음.

너야말로
무슨 일
있어?

하아∼

싸
아

...다음 주에
아카링이랑
여행 가기로
했는데,

좀
가기 싫어....

요즘
아카링하고
거리감이
느껴져.

잘
먹겠습니다

어쩐지

잘
먹겠습니다

뭐,
왜?!

...

?

덜컹

FISH

나 같은 앤
이제 하나도
안 소중할 것
같아서.

아카링은
사랑도
그림도 다
순조로우니까,

주
루
룹
~

맛있어

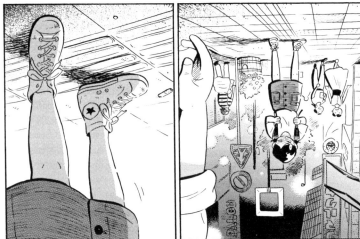

나츠….

허 허 허

아카링…!

?!

지금부터
개치볼
하지 않을래?!

부스럭

....

...속마음을 전혀 얘기 못하겠어.

둘 다 너무 못해...!

혁

혁

...나츠!

뭔가 할 말 있지?!

!!

타악

아....

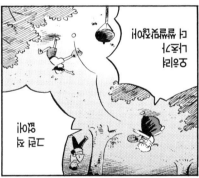

아카링, 미안해….

대상 탔을 때 말 못해서….

뭐…?

아카링, 대상 수상을 진심으로 축하해!!

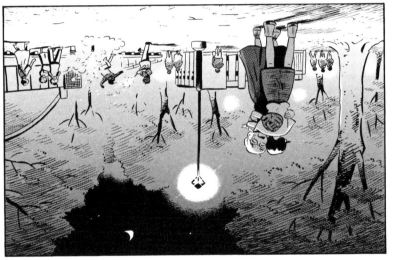

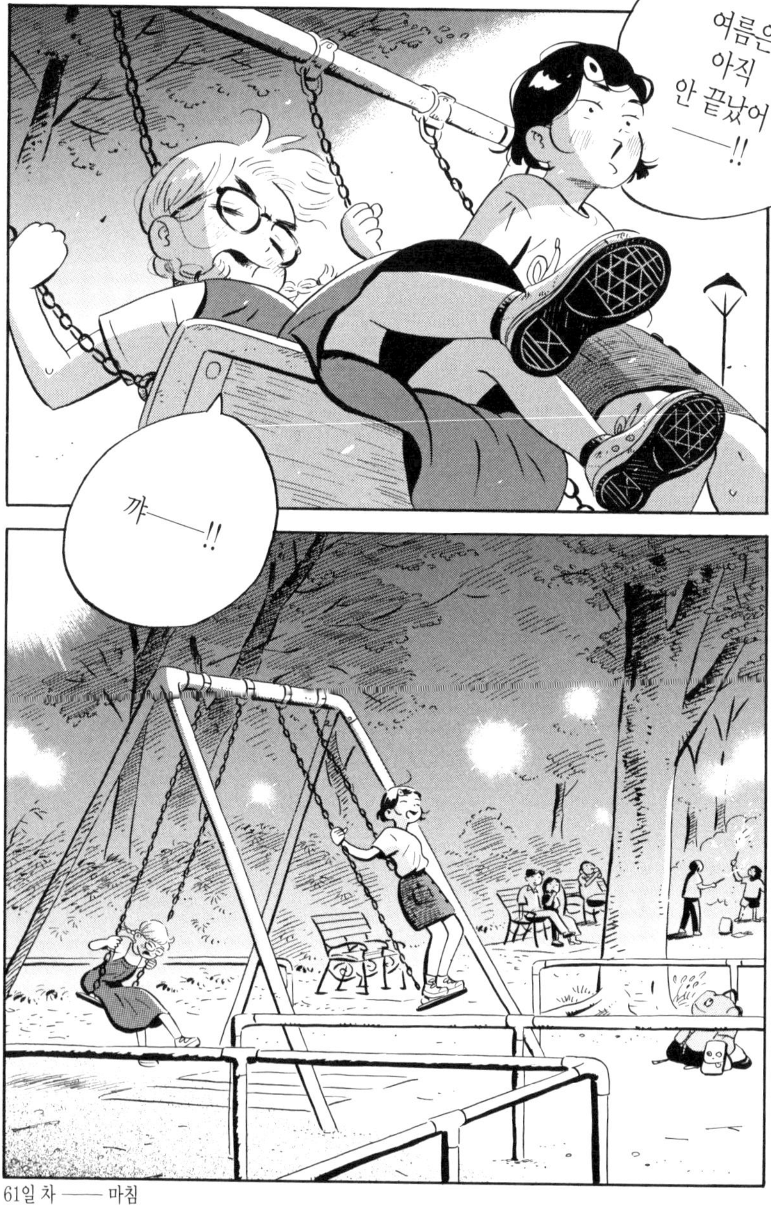

61일 차 —— 마침

여름 enjoy 리스트

☑ 수박 먹기
☐ 다 같이 힐링 숙제 가기
☐ 다 같이 여행
☐ 불꽃놀이!
☐ 수영장!

저녁이 되어
더위를
식히기 위해
물을 뿌리는
히로토.

62일 차 / 물 뿌리기와 빙수

최근
히로토는
답지 않게
고민하고
있습니다.

쏴

아

아

아

배우를 계속하는 게 좋다고 생각해요!

그리고 또 하나는

야마가타로 돌아가려고.

하나는 히데키가 멀리 가버리는 것.

미래에 대해서 입니다.

......

아…

빤
짝
…

빤
짝
…

!

쏴
아
아
아
…

2년 전
여름.

매
앰

매
앰

매
—
앰

매
앰

이 광경,
어디서
본 것 같아…

쓰
르
르
르
…

158

여름은
질색이야.

덥고 깁스엔
땀 차고….

※할머니는
이때
왼손 골절
중이었습니다.
(6화 참조)

치이
....

맴 매 매
앰 앰 앰

더워.

치치
....

꺄아

꺄아

......

이따가
먹자

할머니,
빙수
먹고 싶어!

히로토?!

자주도
만나네

저런 것만
자꾸
보이고….

YORK FOODS

159

아뇨!

할머니는
손도
다치셨잖아요.

그럼
전 가볼게요!

고맙다,
히로토.

다 왔다.

더워 ──

아,
네…!

…보리차라도
마시고 가.

괜찮아.

물
뿌리는 것쯤은
나도
할 수 있어.

쏴
아
아

할머니,
제가
할까요?

끼릭

166

히로토와 오늘 빙수를 먹으면서,

여름도 나쁘지 않구나 싶더라.

……

그래서 하고 싶은 말이 뭐냐면,

지금
고민하는
일도

언젠가
해결될 날이
올 거야.

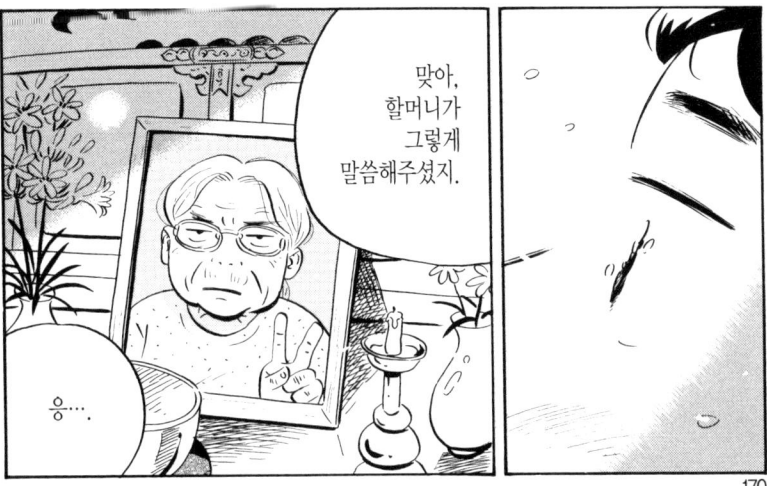

맞아,
할머니가
그렇게
말씀해주셨지.

응...

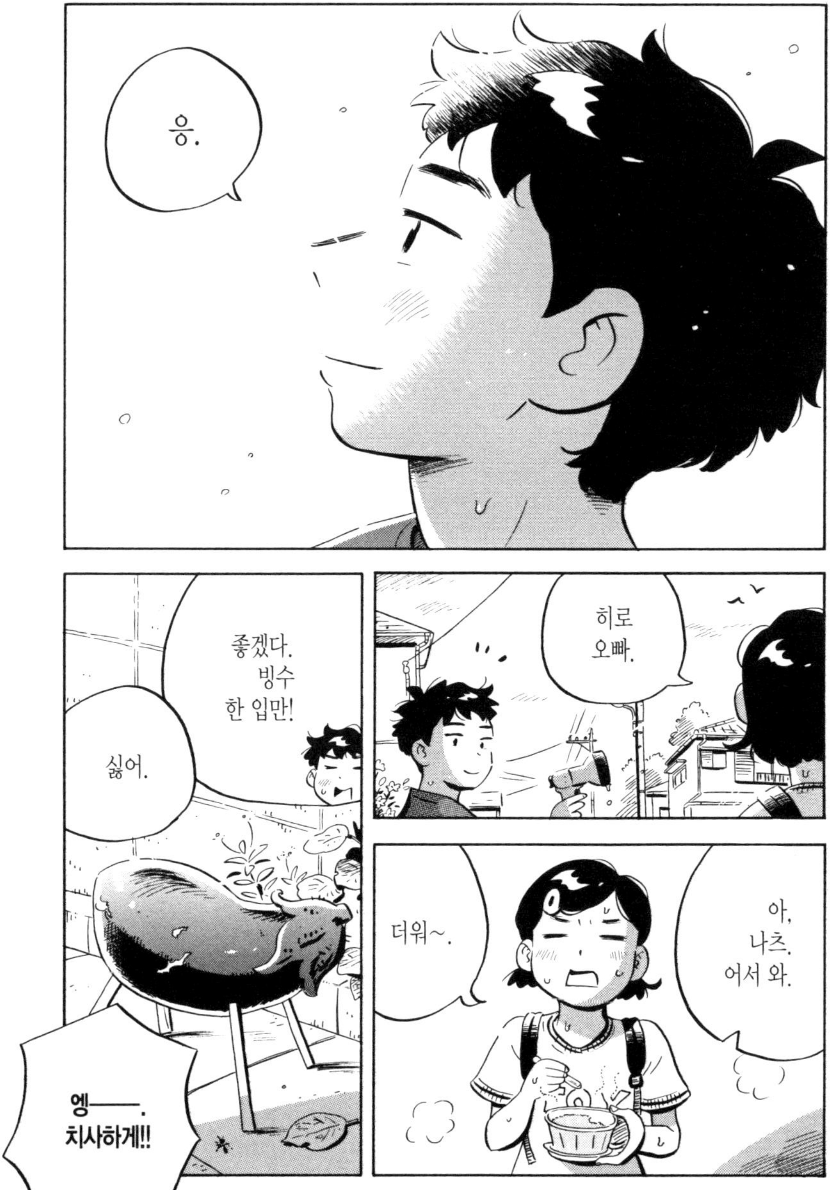
응.
히로 오빠.
아, 나츠. 어서 와.
더워~.
좋겠다. 빙수 한 입만!
싫어.
엥——. 치사하게!!

!!

퇴근길에
서점에 들른
요모기 씨.

더워~

책
SHOGAKU
쇼가쿠

BOOK 쇼가쿠

63일 차 / 이시카와의 후회

연재
소설

문예추동

20XX
SEP
9

9

이
시
카
와
쵸

「
새
연
재

「
최
대
와
최
소
」

「이시카와 쵸
「최대와 최소」

똑 똑
똑... 똑

부
글

슬럼프를 탈출해
간신히
소설을 발표한
이시카와지만,

501

ISHIKAWA

어쩐지 굉장히
신경이 곤두서
있습니다.

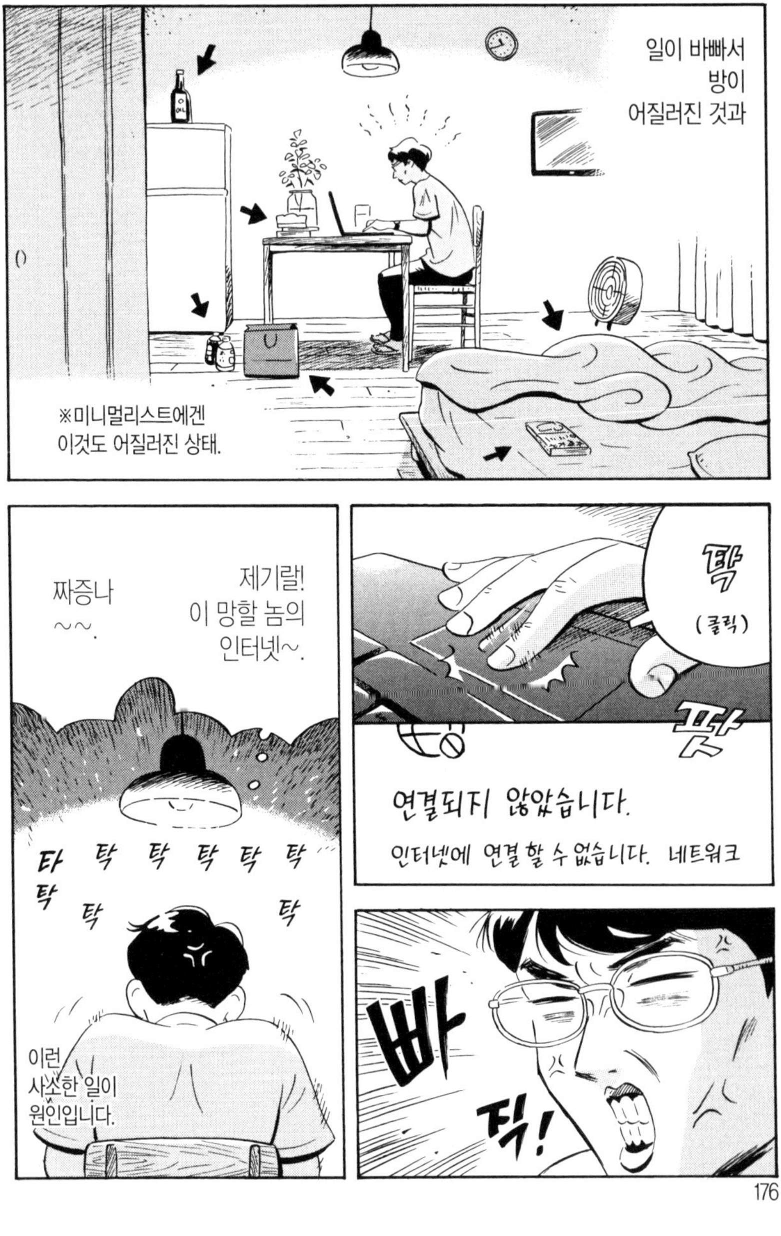

쇼가쿠 아아가야점

시마부쿠로 선생님이 오셔서 「500헤로
사인본을 만들어주셨습니다.

수량이 한정된 관계로 예약 불가이
1인 1권으로 부탁드립니다.

※ SNS

사인본을 만들

탁

──앗.

영업시간은
0시까지니까
아직
안 늦있어!!

심지어
근처
서점!!

떨
렁

시마부쿠로
선생님의
사인본?!

↑
열렬 팬

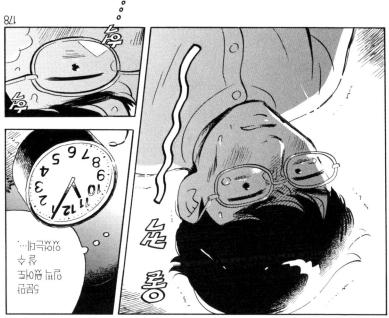

네?

왜
읽고
계세요?!

이시카와 씨의
신작을
읽다가
우연히 보고….

저기
로터리에서
마시면서

아,
요즘 밖에서
맥주 마시는 데
재미 들려서요.

저어…,
그러고
보니까…

"카탈로그
기프트
입니다."

아,
그래도 나름
쉬쎄노
받았으니까요.

아….

죄송합니다….
그때는…
저기…
선물….

웅얼

웅얼

……

?!

풉.

앗,
그동안 혹시
그게
마음에 걸려서

연락도
못하신
거예요?!

조금
전까지의
짜증이

전
하나도
신경 안 써요.

순식간에 사라지는 것을 느꼈습니다.

......

와아~.

정말로

'최대와 최소'의 작가시네요~.

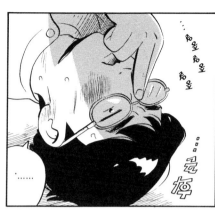

쿵

그럼 실례 아닙니까? 그런 발언은 삼가는 편이 좋다고 생각합니다.

타치바나 씨는 이런 불량한 복장이 더 좋으세요?

아… 아뇨….

아…, 죄송해요….

쿵

오늘 저는 약간 신경이 곤두서 있으니까,

너무 건드리지 말아주세요.

네….

데이트
해주세요.

다음에
저랑

과연
데이트할 것인가,
말 것인가.
그건
다음 회 이후에.

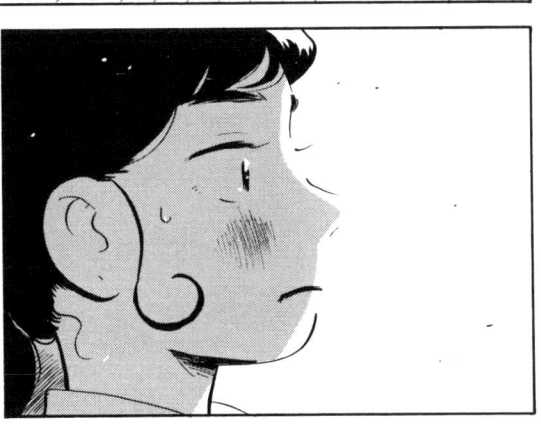

마녀, 늑대여 7. — 끝

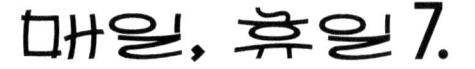

2024년 7월 25일 제1판 제1쇄 인쇄
2024년 7월 30일 제1판 제1쇄 발행

글/그림 | Keigo SHINZO
번역 | 장혜영

발행인 | 오태엽
편집팀장 | 이수춘
편집담당 | 성지은
미술담당 | 최진주
표지 디자인 | Design Plus
라이츠사업팀 | 이은선, 조은지, 정선주, 신주은
전략마케팅팀 | 김정훈, 이강희, 정누리
제작담당 | 박석주

발행처 | (주)서울미디어코믹스
등록일 | 2018년 3월 12일
등록번호 | 제 2018-000021
주소 | 서울 용산구 만리재로 192

인쇄처 | 코리아 피앤피